슬픔은 울타리가 없다

슬픔은 울타리가 없다

ⓒ 박상돈, 2018

지은이_ 박상돈

펴낸이_ 이양훈
펴낸곳_ 도서출판 도훈
        (권선구 입북로 65 / 376-2017-000061)
발행일_ 2018년 2월 1일
사무실_ 서울시 용산구 이태원로15길 14-4
전 화_ 0507-1453-4621, 010-6722-4621
팩 스_ 0504-227-4621
이메일_ flyhun9@naver.com
홈페이지_ dohunbooks.modoo.at

인 쇄_ 미창 프린팩
홈페이지_ www.mcprint.co.kr

ISBN_ 979-11-961587-2-9 03800
정 가_ 10,000원

「이 도서의 국립중앙도서관 출판예정도서목록(CIP)은 서지정보유통
지원시스템홈페이지(http://seoji.nl.go.kr)와 국가자료공동목록
시스템(http://www.nl.go.kr/kolisnet)에서 이용하실 수 있습니다.
(CIP제어번호: CIP2018001943)」

슬픔은 울타리가 없다

박상돈 시인의
다섯 번째 이야기

좋은 책 만드는
도서출판 도훈

1985년 정월 민속촌장터에서 빈대떡에 동동주 한 잔

| 시인의 말 |

꿈을 꾸고, 담고 간다는 것은 참으로 기쁜 일
꿈에 욕심이 더하여지면 무게는 더할 수 없이 무겁고
그 무게를 지고 간다는 것은 무게만큼 고통이지만
바늘과 실로, 한 올 한 올 정성의 수를 놓고
한 톨 한 톨 장식을 꿰어 예쁘게 옷을 만들면서
차츰차츰 무게가,
새의 목털이 되었다

가벼움에서 무거움으로
그리고 다시 무거움에서 가벼움으로
이 맛에, 글을 쓰며 쓰고 썼다

2018년 1월

경기도 화성 화산까치고개에서
돌샘 박 상 돈

슬픔은 울타리가 없다

차례

시인의 말

3부 빛

1부

들국화 핀 길을 소가 걷다

들국화 핀 길을 소가 걷다

소가, 따끈따끈한 여물 한 통을 얻기 위해 너른 논밭을 쟁기질하였다면 스스로 부엉이를 불러 함께 한강 철교를 찾아갔을 거다

꽃이, 벌 나비에게 거래를 제의하였다면 그럴싸하게 음식점 간판을 달았을 거다

길마는 무겁고 단지는 크다

사계절 변함없이 새벽공기와 담배 한 대 태우고 저녁바람과 술 한 잔 하고 짙은 어둠과 아침인사 저녁인사 나누었다

태양이 석양 노을을 아름답게 꾸며 놓은 것은 밤하늘 총총한 별들의 자유 때문일 거다

가을이 아름다운 것은 다음이 겨울이기 때문일 거다

단순한 휴식을 위한 행위였다면 태양과 가을은 밤과 겨울을 버렸을 거다

별들이 밤의 자유 마냥 즐기듯 가을이 겨울을 가볍게 넘고 봄날, 상쾌한 발걸음 딛는, 그것만을 보았을 거다

우직한 소는 이른 새벽 황금들녘 마차 길을 끔벅끔벅 걷고
꿀단지 가득 채운 들녘 들국화가, 예쁘게 곱다

제비

지지배배 지지배배, 혼인서약을 하고 낮이 가장 긴 날,
옛집을 찾아와 두리번두리번 집 지을 곳을 찾더니 처마 밑
에 멋으로 맛으로 남겨 둔 자그마한 옛 흙집에, 네 마리의
새끼를 순산, 장마철 내내 키웠다

봉당에, 플라스틱 세숫대야를 놓았더니, 어린 생굴을 껍
데기 벗겨 나체로 흠뻑 푸짐하게 담아 놓았다

창문으로 가냘프게 벌레 소리가 반갑다

날렵하게 자라, 한두 마리가 둥지를 탈출 앞마당 빨랫줄
처마 전깃줄에 앉아 날개의 힘 키우더니 모두가 둥지를 탈
출 앞마당을 어설피 비행하고 입추가 가까워지면서, 부모
를 따라, 온종일 세상 수업을 받고 저녁이면, 둥지에 한 마
리 전깃줄에 한 마리 초인종 걸터앉은 좁은 공간에 두 마
리 대문짝 꼭대기에 두 마리, 여섯 마리가, 긴 밤의 곤한 휴
식을 갖고 이른 아침, 다시, 수업받으러 나갔다

내일은 입추, 후텁지근함이 따가움으로 끈적끈적 함이

보송보송 함으로 바람은 서서히 바꿀 테고 바뀜이 끝나 영글면, 떠나겠지, 언제일까, 부모 제비는 강남까지 동행할까 내년에도 다시 볼 수 있을까 떠날 때 인사를 받을 수 있다면, 내년에도 그대로 모두 모두 남겨 둘 테니, 꼬옥 다시 보자 덕담 한 소쿠리를 듬뿍 담아 줄 거다

용두암 龍頭巖

바위는

파도가 미울 때도 있었을 게다

뱀 허물 벗듯

훌훌 벗어 던져버리고 싶었을 게다

미친 듯 날뛰는 모습에

무서움도 가졌을 게다

끊임없이 살갑게 구는 넉살에

짜증도 났을 게다

숨고 피하고

도망가고 싶었을 게다

성냄, 슬픔, 서러움도 있었을 게다

이제는, 단순한 바위가 아니다

제주도 바위

잔잔한 부드러움으로

해와 달과 별의 그림자를 푸짐하게 담아 놓은 너른 바다

느긋이 볼 수 있는
여유의
용 머리다

이파리의 마지막 선물

썩어

뿌리가

행복할 수 있다면 기꺼이

푹

썩으리라

한 사람

한 사람이 있었으면 좋겠다

척박한 들길

험준한 산길

황량한 사막 길 걸음에

혼자가 아닌, 다정스레 손잡은 한 사람

옆에 있었으면 좋겠다

두려움에 휘청휘청 발걸음

따뜻함으로 은은한 응원의 미소 건네주는

호송열차 차창으로 시선 끊지 않고 잘 다녀오라며 끝까지 보아주는

영원히 돌아오지 못하는 곳 여행 떠날 때

보드라운 무릎 살그니 내어주며

눈물로 배행하는

가을 여섯 시

땅거미 노을

가을 부채, 길로 바람만이 살갑다

끄나풀

술친구,
술 떨어지면 떠나가지
권력 공유하던 친구 권력 잃으면 떠나가고

알면서도 악착같이 잡고 있는
미련 끄나풀

꽃상여 타면, 놓아지겠지

꿈2

국가대표 축구선수 되겠다며 고향 병점역서 서울행 열
차 탔다
청소년 국가대표 축구선수로 끝냈다
체육대학 교수해보겠다며 꿈꾸었다
석사학위로 끝냈다
최소한 교장까지 할 수 있겠지 교직 들어섰다
퇴임 평교사에게 명예로 주는 교감으로 교직 끝냈다

시집 5권 산문집 3권 목표로 글 쓰고 있다
시집 4권 출간했다
저승행 열차표 쥐고 플랫폼에 서 있는지 햇수로 10년째,
열차 연착 기대하며 마지막 목표까지
꼭 간다

홍어

흐릿한 30촉 백열등 아래 드럼통 잘라 엎어 놓은 허름한
술상
장발에 군대 야전점퍼 입은 사내
쾌쾌한 막걸리 냄새
짙은 아리랑 담배 재 연실
바닥으로 털며

왜 사내들이 군대 이야기
여자들이 시집살이, 거짓말 섞어가며 신나게 하는지 아
나
거기에는 청양고추보다 독한 지독하게 톡 쏘는 매운 맛
있지
그런데 그 맛 그 향기가 아주 은은하게 길어
간간이 입맛을 돋우지
홍어 쓴맛처럼

노가리 잘근잘근 씹어가며 침 튀겨가며 길게 길게 떠든다

홍어 겉면처럼 검은,

얼굴

밥상 위 공기와 대접의 대화

입구 넓고 크기 크고
좋겠다
나는 작고 좁은데

그렇게 말하면 섭섭하지
네가 담지 못하는 것 내가 담고
내게 어울리지 않는 것
네가 담고
그러면 되잖아

그렇지!
그렇게 하자 우린
한 식구

아버지처럼

지금껏
내가 온 것이 아녀
세월 따라
그냥저냥 흘러온 거지

가는 길도
내가 가는 것이 아녀
세월 따라
그냥저냥 따라가면 되는 거지

어디선가, 멈추겠지
아버지처럼

동구 밖

"언제 한 번 갈게요"

어제도, 그제도, 오늘도
어머니 눈은

동구 밖서

온종일 서성거렸다

사랑이 쉬우면

"사랑주세요"
"사랑주세요" 하지마세요

그대는 선뜻

100캐럿 다이아몬드를 공짜로 줄 수 있나요
받고 싶다면

값을
준비하세요

아름다움

장미는,

스스로 예쁘다 하지 않을 게다

호박은 스스로

못났다

하지 않을 거고

받은 모습

역할에

최선만 다할 게다

고슴도치도, 개미도,

그러하겠고

살구나무

꽃만 본다며
살구나무 심었습니다
봄날
꽃 만발하고 가지마다 주렁주렁
탐스럽게 열매 달았어요

자라며 하나둘
익어가며 후드득후드득
익기도 전에 모조리 떨어집니다

아픕니다
열매가 아파
아픈 것 아닙니다 욕심이 아파
아픕니다

시인은 매일매일 글을 쓴다

오늘

글을 쓰지 않으면

나는

오늘의 글을

영원히

쓸 수 없다

별

하늘에 왜 별이 없냐고 묻거든
하늘이 너무너무 어둡다고

하늘에 왜 별이 없냐고 묻거든
세상이 너무너무 밝다고

하늘에 왜,

별이 없냐고 묻거든
눈이
모두 근시 되어 그렇다고

신발

너를 버리기 전까지 너는 항상 나와 함께 있었다
욕심 따라 길 갈 때도 너는 늘 양보하였지
부르면 언제나 순종
기다리라 하면 구석서 먼지 켜켜이 쓰는 것도 마다하지 않았어
초는 눈물 흘렸지만
너는 매번 꿋꿋하였다

그런데, 너를 버렸다
필요 없다 생각되어지면
아니다
버리기 위해 세월은, 함께하는 거였다

귀가 주인

말과 돈은
똑같지

혀 떠난 것은

귀가
주인이지

별 겁니까

풀 키우기 위해
풀을 뽑고

풀 뽑고
풀 심었다

장맛비
척척하게 뿌렸다

동안거 冬安居

늦가을,
바람 심하게 불던 날
바람 탄 씨앗이 나무에게 하는 말

"엄마!

가서 한숨 푹 자고

봄볕 봄바람 싱싱할 때 일어나
거름 좋으면 하늘로 달음박질하고
부족하면 땅으로 깊숙 깊숙이 파고들고
아예 없으면
그냥
쭉~ 자겠습니다

기다리며"

어머니, 제비꽃비녀 꽂았네
- 풀이와 답은 같다

어머니,
정남면 보통리 뒷동산 모셔놓고 일주일에 한 번씩 봉분
을 찾았지
집에서부터 자전거로 30분
거의 매번 찾아가 봉분을 지켰지
잔디 곱게 키우고 잡초는 보이는 족족 뽑고

뿌리 번식하는 쑥 토끼풀 아카시아 나무에는
긴장하였지
곧바로 뿌리 번식, 곱게 키운 잔디 뒤집어엎어야 하는
번거로움
훼손해야 하는 위험
5년을 열심히 하였지

어머니, 정남면 보통리로 이사 가신지 7년
어머니 계신 곳 잔디 고운 정원 봉분 여기저기에 늦가을
제비꽃 가족

떼거리로 나들이 나와 어머니랑

마냥 즐겁네

※정남면: 경기도 화성시 정남면

외양간은 튼튼하십니까
- 눈물 무궁화

꽃을 꺾는다

꽃이 예뻐 꺾는다 한다

꽃은 예쁘지 말아야 했다

꽃은 예쁘다

총칼에, 꽃이 꺾였다

36+72

100년이 넘었다

당신은,

외양간은 튼튼하십니까

2부

사탄도 복을 준다

사탄도 복을 준다

오늘로 어제를 살면 슬픔
내일을 살면 근심
오늘을 살면 자유가 있어
지금, 가진 것이, 단돈 천 원뿐이라 하더라도
주저 없이 달콤한 빵을 사서 먹을 거다

받은 복에 슬픔과 근심이 있으면 사탄의 복
평강만 있으면 하나님의 복
담는 거와 버리는 것은 본인의 복
복이란, 이렇다 하네요

악어와 악어새
– 식충식물

악어와 악어새 관계라면
무슨 걱정 근심 염려가 있겠습니까만
꽃인 척하며

땅벌은
포도 알갱이에 주둥아리를 꽂아 쭉쭉
단물을 빨아먹고 살고
호랑나비 애벌레는
배추 이파리를 아삭아삭 갉아먹고
씨앗은 줄기의 골수를 마냥 마냥 뽑아먹고
흙은, 흙의 백성들 모두를 통째로,
녹여먹고 산다

"떡 하나 주면 안 잡아먹지." 하며
야금야금
우리가 우리를, 홀라당 집어삼켰다

※우리: 짐승을 가두어 기르는 곳

그러네
– 변비便秘

중학교 일학년 남학생이
"선생님, 저랑 100미터 달리기 한번 하시죠."
하던 시절에, 잠깐만 앉아있어도
앞다투어 떼거리로 우르르 몰려나오던
촉촉하고 부드러운 즐거움이
기록이 60초가 되니,
한참을 기다려도 꿩 구워 먹은 소식
긴 시간 구걸하면
그제 사 마지못해 인심 쓰듯이 딱딱하게 한 덩어리
툭, 던져놓는다
그러면서
매몰차게 한마디 거든다

"시든 꽃에 벌 나비 찾아오는 것 보셨습니까."

하얀 굴뚝새
― 벽

1.

환갑을 살아보니 삶이 뭔지를 조금은 알 것 같다

그렇다고 예전으로 돌아가 다시 살아보라면

지금껏 살아온 그대로 살 거다

바람은, 방향을 예측할 수 없으니 미래를 점친다는 것은

조물주와 겸상하겠다는 짓

텃밭조차 마음대로 가꾸지 못하는 실력으로

포부는 좋지만 행위는 절대 금물

단지, 바꿀 수 있는 능력, 조물주가 쪼끔만 허락한다면

예전은 맞섰지만

바람 부는 대로 먼저 산 선배들의 말씀처럼

그저 유유자적, 맡기며 살 거다

물은 흘러 길을 만들지만 세월은 흘러 벽을 만든다고

― 늙음은, 영글어 가는 거, 영근다는 것은 세포 재생이

안 되니

익어 흐물흐물 떨어지는 거,

―후련하다

하고 싶은 이야기 모두 훌훌 털었다.

2.

요즘, 밥 잘 먹고 잠 잘 자고 똥 잘 싸고 그러면 최고라
던데
똥과 잠이 항상 불만이다
긴 어둠의 바다에, 그림을 그리다 지우고 다시 그리다
지우고
밤새도록 그 짓 하다가 새벽녘에,
좌변기 앉아, 구걸 구걸하며 흠뻑 젖은 하루의 땀을
손으로 꼬아 모조리 배수구로 던져버린다
이것도 벽
어딘가 꼬여 단단하고 견고하게 만들어져 우뚝 선 담
이는 바람을 손에 넣으려는 올가미가 아직 가슴의 주인
이라는 거
남은 시간이, 얼마인지 모르겠지만,
마지막으로 잘라야 하는 숙제,

어느 시인의 소박한 꿈처럼 소풍 끝내는 날
몽개몽개, 하얀 굴뚝새 되었으면, 좋겠다.

나의 감자는 덤
— 세월이 어른이다

농약을 뿌렸어야 했다

농약을 거부하는 밭에 조각조각 감자 눈 오려 심고 비닐 덮었다 긴 시간 초조한 날 어떤 것은 이르고 어떤 것은 늦고 어떤 것은 아예 보이지 않아 다시 심은 곳을 후벼 파 보고

거의 보였다 부쩍부쩍 잘 자랐다 남들 초조할 때 여유로웠다

엄청난 가뭄이다 흙바람 분다 일찍 뿌리내려 싱싱하게 자라던 옥수수조차 시들시들 말라죽는다 부추는 모양을 잃었고 시금치 상추 오이… 다른 작물도 자기 모양을 만들지 못한다 강낭콩은 꽃도 피기 전 단풍 들었다 생명력 튼튼한 토마토마저 힘겹다

하지감자는, 이파리가, 시들시들 시들었고 줄기까지 바싹 말라 호미를 넣어야 하는데 하지 지나야 굵다 한다 기

다림에 염려가 길다

　세월 지긋한 어른들은, 넉넉하다 자유롭다 느긋하다 세
월이 어른이다

　때라, 감자를 캤다 테니스공을 기준으로 엇비슷하거나
크면 商品으로 골프공을 기준으로 부족하면 조림용으로
테니스공과 골프공 사이의 달걀만 한 크기면 내수內需용
으로

　벌레가 먼저 시식한 것도 있다 흔적이 깊으면 곧바로 흙
으로 돌려보내 자연식 하게 하고 얕으면 굵기 따라 구분,
굵으면 사람에게 덤으로, 잘면 자연에게 인심으로

　두꺼운 종이상자에 담았다 저울도 샀다

　옆집의 벗은, 전문가다 토실토실 굵다 반질반질 자국도
상처도 없다 가뭄이라도 때때마다 지하수 퍼 올려 물 공
급 넉넉히 주었다 심기 전 가루 농약 뿌려 흙 소독하였다

그의 감자는 말끔한 테니스공, 예뻤다
　　나의 감자는 형과 누이동생 바람만이 다녀갔다 모양과
무게, 길이 174에 울퉁불퉁 굽은 49.5kg

너는 너의 꿈을 가라
― 맏아들 장손

아들아, 시를 쓸 때, 초조하고 조급하면 호흡이 가파르고 흐름의 세세한 묘사 없이 마무리가 빠르다 그러면 도대체 무슨 소릴 지껄였는지 알 수가 없어 쉼표를 난무하면, 시가 늘어지고, 흐름 표현이 세세하면 시가 지루해져, 적당하게 자리를 만들어야 하는데 배움이 짧아 쉽지가 않다 그럴 때는, 남의 시를 읽으며 가만가만 호흡을 조절하고 퇴고에 퇴고를 거쳐 마무리한다 그러나 그것도 완벽은 없다

길에, 짜증과 불만 초조와 조급함이 굴뚝 연기 피어오르듯 꾸역꾸역 오른다면 한번, 쉼표를 찍어보고 흐름을 세세하게 건드려 보거라
어제의 긴 대화 속에 너의 고민은 맏아들에 장손長孫

할머니 할아버지 집은 하늘이니 하늘에 두고, 아버지의 길은 아버지 동생의 길은 동생에게 주고, 조언은 하되 씨앗에 장손의 염려는 올가미, 들 수 있는 것만 들며 가는

것이 길이라 부족하면 배우며 가고 배워도 아닌 된다면 파고 파도 샘 없는 우물

또, 가슴 심줄이면, 뒤돌아보지 말고 꿋꿋하게 앞만 보고 그냥, 뒤는 눈밭을 구르는 눈덩어리 한 번 돌아보면 자꾸자꾸 돌아보게 되는 사탄의 미혹 한 방울의 물이 강으로 바다 가는데 다람쥐의 물레방아 돌리기

어제를, 큰 바위 돌에 굵직하게 다시 새겨보면,

"모든 것을 한다." "모든 것을 해야 한다." "완벽해야 한다."

한다는, 장손의 업보, 억지가 만들어 놓은 멍에 족쇄, 싹둑싹둑 자르고 훌훌 바람에게 훌렁훌렁 던져주고 최대한 가볍게

아버지는 아버지 인생, 동생은 동생의 인생, 너는, 너의 꿈을 가라

안방마님
– 민초民草

'질경질경'이란 단어를 사랑해 본 적이 있나요
우산도 없이, 고엽제 소낙비를 맨몸으로 흠뻑 받으면서
"아! 시원하다." 외쳐 본 적이 있나요
예리한 낫에 잘리면서, "아주 짧게 깎아주세요."
날카로운 호미에 뿌리까지 뽑히면서
무자비한 괭이로 밑동까지 바싹바싹 긁히면서
"다시 또 볼 겁니다."
포악한 삽에 무덤이 되어도 " 이 정도는, 뚫고 나갈 수
있지."
자신감으로, 당당함으로, 늦가을 맞으니
비록, 계절의 끝물이라도
들녘에는, 하늘로 총질하던 권력은 슬그니 사라져 없고
꿋꿋하게 우리만 남아
생글생글 너른 밭주인 노릇하고 있어요

말똥어머니는,
세월을, 말똥아버지의 구박덩이 들꽃 소고小鼓여도

건넛방, 사랑방이 아닌, 꼭 안방서
울었다

개꼬리

개야, 개야, 똥개야,
울타리 너머로 걸쭉하게 짖고 싶다면
냉수 먹고
이쑤시개로 느긋이 이 쑤실 수 있는
내공이 만들어져있다면 하라
아직이라면
괜한 만용에 작대기로 뒤통수 맞지 말고
울타리 안에서 울타리와 살라
꼬릴, 살랑살랑 흔드는 방법에 대해
다시 한 번,
잘강잘강 되새김질하며

위리안치圍籬安置
- 유배流配

새벽녘 동틀 무렵, 울타리 호두나무 가지에
새들 날아와 지저귀며
종알종알 아름다운 클래식 노랫말
바람에 실어 택배로
창틈으로 보내 문 두드려도
따라오는 포장지,
벌레 무서워 미세먼지가 두려워 나는, 창문을
열지 않았다

창틈 두드리는 소리로 진종일,
그림을 그렸다
창문 밖 하늘을 구구절절, 하얀 종이에 걸쭉하게 그려
붉은 도장 짙게 찍고
차곡차곡 장 속에 가두었다
훗날, 창문이 열리면,

뛰쳐나가 자유롭게 하늘을 날아라
먼 곳까지 훨훨

엄마의 저녁

뉘엿뉘엿 넘어갈 때 노을은 예뻤다
무럭무럭 오르는 초가 굴뚝은 푸짐하였다
땅깨비 잡아 강아지풀에 끼우며
마냥 들녘을 달음질하던 개구쟁이가
허기짐에 한 걸음에 달려오면
건넛방 아궁이 쇠죽은 구수하였다
검정고무신을 봉당에 제멋대로 던지고 든 방
아랫목은 포근하였다

"애야, 얼른 씻고 와야지"

누나 손이 엄마 손과 함께 바빴다
점점 쇠죽 향은 멀었고 엄마 향이 가깝게 다가와
어둑어둑 어스름,
노을 있던 자리를 반짝반짝 별들이 오순도순 차지하고
도란도란
엄마의 향을 먹었다

※땅깨비: 방아깨비 메뚜기를 총칭한 우리 동네 방언

사금시인砂金詩人

타작을 합니다
마당가 가장자리에 검불을 쌓아둡니다
바람을 부릅니다
멍석 위로 조금씩 알곡이 쌓입니다
쓴 만큼 양은 작아도
농부는 바람을 부르고 키질을 하고 까부르며
다시 검불을 쌓습니다
가을이 깊어 갑니다
농부는 검불을 쌓고 바람을 부르고
다시 갈퀴로 검불을 쌓고 바람을 부르고
들녘 가을이 모두 사라졌습니다
하얀 눈 내립니다
검불을 쌓고 바람을 부르고

곳간마다,
알갱이 담은 가마니 숫자가 푸짐합니다
키질하고
다시 키 위로 엎어놓고

할머니의 손

할머니의 마당은
풀 한 포기
쌀 한 톨 보다 작은 돌멩이 알갱이 하나
없다
빗자루로 쓸고
부드러움으로 토닥토닥 다독여
클레이코트보다 더 예쁜 클레이코트
어쩌다
자치기 사방치기 숨은 글씨 찾기 한다며 상처 만들면
부지깽이는 여지없이
엉덩이 종아리를 두들겼다

할머니의 보송보송 마당에는,
해마다 때때마다
보릿단 볏단 콩 나뭇가지 묶음들이 수북 수북이 놀러 와서
절구통 통그네 도리깨와 다정스레 치고받으며
주저 없이

세월을 훌훌 털었다

할머니의 마당 손은, 써걱써걱 약 손 까칠까칠 효자손
은가락지가 고운,
투박한 사발 손이었다

※통그네: 발로 밟는 탈곡기를 우리 마을에서는 통그네라 부름

크림빵 한 봉지

10원 정도 했을 거다
크림빵 한 봉지

연탄장사하시는 둘째 숙부 따라
아침부터 밤늦게까지
연탄 분 까맣게 분장하고 한 번에 두 장씩

자전거 얻어 타는 즐거움도 있어
자갈 튀는 신작로
정남면 가린내에서 왕재고개 넘고 괘랑리 지나 돌고지
돌고
안녕리를 지나쳐 연탄가게 오면
귀신 따라붙는가 싶어 무섭게 밟아
땀나는 것 몰랐던
밤 10시

크림빵 한 개,

얻어먹는 재미에 연탄장사 따라나섰던

49년 전

초등 5학년 가을

괭일

거룩한 길

빨아서 씁니까?
쓰고 빱니까?

매일매일
걸레를 빱니다

주고받습니까?
받고 줍니까?

꽃은 주고
잊어버린다 합니다

어머니가,
그립습니다

어머니2

나는, 보름달 보는 것이 참 좋다
초가의 뒤꼍에서
군에서 보초 설 때도
둥근 보름달만 보면 넉넉하였다

한가위 송편 솔잎 향
대보름 오곡 까칠 맛
장독대 하얀 고무신
정결하게 두 손 모은 거룩 정화수(井華水)

나는
음력 15일이면 꼭 하늘을 본다

느티나무

바람 왔다 가면
흔적 남겨놓고
바람 왔다 가면 흔적 가져간다

바람 하나가 찾아왔다
이파리 하나가 얼굴 보였다

바람 둘이 왔다 갔다
이파리 둘을 몰고 갔다

단풍2

해가 노을로 서산을 넘었다
연어가 울긋불긋 꽃단장하고 고향을 찾았다
푸름이 초록 옷 가볍게 벗고
본향 간다며 붉은 옷 갈아입었다

아버지, 어머니, 할머니도, 단아하게 은빛 물들었었는데

슬렁슬렁 나도
어느새, 단풍들었네

나의 자유

글 쓸 때는 백혈병이 나를 버린 세상이 없다
부드럽게 흘러가는 가을 조각구름뿐이다

글쓰기를 멈추면 금방, 백혈병이 작대기로 무지막지하
게 나를
두들겨 팬다
긴 시간 펜을 잡고 싶지만 눈은 세상 편 백혈병 편
작대기질의 한몫 조력자

눈이 잠깐 부드러워지면 나는 다시, 자판을 두드린다
빠르게 덤벼드는 눈, 성질부리는 눈, 차근차근 달래가며
조그마한 시간도 아껴
글을 쓴다

글 쓸 때 나는, 모든 것 잊는다
아픔도 슬픔도 통증도 초조함도 성급함도 시름도 걱정
도 불안도

가슴을 묶고 조이고 있는 모든 올가미에서도 완전 자유

얌전히 부드럽게 흘러가는, 포근포근 둥실 구름이다

천석지기 한옥 부쉈다

밍크고래 코트가 있다
덩치가 고래만 할 때 내가 입었던 옷이다

백혈병으로 몸이 병들어
마른 멸치
언젠가는, 다시 예전으로 돌아가겠지
희망 품고 산다

옷장에 옷 가득 있다
멸치 옷 고래 옷
벌써 10년이 훌쩍 지났다 아직 마른 멸치

옷장을 정리했다
멸치는 멸치대로 고래는 고래대로

나루터에 묶인 강

전보가 전화보다 빨랐던 시대가 있었다
군대 차트병
제대 후 교직 나와 보니 쓰임이 많아
연일 책상에는 소주 막걸리가 뒹굴고 삼겹살이 보글보글
예쁘게 익었다

컴퓨터가 펜 연필 붓을 밀어냈다
추사 김정희 석봉 한호… 다양한 인물들이 들어있었다
소주 막걸리 삼겹살은 슬그니 가고
젊음에 구걸 다녔다

자그마한 전화기가 요즘은 주인이다
텔레비전 라디오 잡지 신문 고전…. 모든 것 들어있다

차트가 좋아 차트로 시각장애된 차트
전철의 손에 쥔 책 신문지가 정겹다
우표 붙어 날아온 손 편지의 기억이, -그립다

무조건 던져보는 거다
- 인생 제비뽑기

"강하고 담대 하라."

3미터, 5미터, 7.5미터,
한 계단 한 계단 오르는 계단을 밟을 때마다
두근두근 조심조심
다리가 후들후들
10미터 오르니 머리카락까지
오돌오돌

오르는 계단은 있어도 내려오는 계단은 없다
보이는 것은 오직
파란 하늘과 푸른 바다뿐

엉금엉금 기어가 다이빙대 끄트머리에 섰다
한 손으로 얼굴 가리고
다른 한 손으로 가린 손을 견고하게 껴안고
무조건 던졌다

“째깍째깍”

떨어지는 가슴시계가 무척 길다

-넉넉한 푸른 바다서 부드럽게 유영 중

역할은 세월을 기다리지 않는다

늙음이 싫어 젊음의 사진을 카톡 나의 방에 올려놓고 "늙음은 싫다 젊음으로 가련다." 적어 놓았다. 정오의 그 시절 운동선수였던 나는, 달리기를 하면, 발바닥이 땅에 닿지 않고 날아다녔고 산을 타면 산 다람쥐 들을 뛰면 들개였다.

10년의 백혈병 투병을 거쳤고 지금은 겨울 오후 여섯시

동지가 지난 요즘, 낮이 길어지는 기미가 조금 보여, 산골 들어가 살아보려고 하루 만보萬步 예전 몸 만들려 걷고 걷는다. 받는 몸을 반기는 법은 없고 주는 몸을 반기는 것이 세상 법이니 몸 옮기기가, 오르는 고갯길만큼 높고 높은 언덕이지만

역할은 세월을 기다려주지 않으니 주는 몸 빨리 만들어, 여름철 초저녁 여섯시를 마음껏 즐기고파 동네의 차디찬 가파른 고갯길을, 매일매일, 오르락내리락 오전 오후를 걷는다.

3부

빛

빛

맨 처음
백혈병일 거라 말한 고교 선배 의사에게

"형님! 이제 죽는 겁니까?"

"아니야 아우야, 살 수 있어"

백혈병 10년, 골수이식 8년,
자그마한 텃밭서 작물 가꾸며 산다

똥파리 한 마리

대청마루 흔들의자에 앉아

매미소리 벗 삼아 복중 더위 토닥토닥 다독이고 있었다

똥파리 한 마리가 들어와 고요를 부쉈다

마냥 평화의 바다에 소용돌이 너울이

마냥 부드러운 평온의 밭에 쩍쩍 갈라지는 지진이 일어

채 들고 눈으로 좇으니

대들보 서까래 기둥 천장 뒤주 찬장

너른 공간을 이리저리로

눈은 술래 꼭꼭 숨어라 머리카락 보일라 숨바꼭질

안되겠다 싶어 분무 살충제 찾아 손에 쥐고 흔들의자에

느긋이 등 기대고 앉아 눈을 감았다

곧바로 경계 풀며 여유로 무릎에 살그니 앉아 방심의 손

살랑살랑 흔들어

이때다 싶어 조준하여 뿌리니, 부리나케 바로 옆 책장으로

쫓아가서 뿌리니 얼떨결에 창문으로

따라가서 뿌리니 허둥지둥 방충망에 막혀 비실비실

한 번 더 뿌리니 밑으로 툭 떨어졌다

다시 한 번 확인사살하고
또다시 한 번 더 뿌리고 손으로 주워 문 밖으로 던졌다

매미가 대청마루로 날아들었다
매미의 리듬에 맞춘 흔들의자가 흔들흔들, 평강의 바다
위를 마냥
부드럽게 날고

아침밥

병점역서 새벽 5시 39분 서울행 통학열차
늦어도 5시 15분에는 집을 나서야 했어요
어머니 새벽은
언제나, 하늘 가득 별 많았고 바람과 이슬 차가웠어요

서울행 열차는 항상 꾸벅꾸벅 졸았어요
어머니의 따끈따끈한 아침밥을 든든하게 챙겨 먹은 두 다리는
흙먼지 날리는 어둠의 신작로를 매일매일
힘차게 걸었어요

어머니,
하나밖에 없는 어머니 손자가 늘 아침을 거르고 출근합니다
손녀는 홀로서기 하였고 어머니의 둘째 아들은,
백혈병 약을 먹어야 하기에 식빵으로, 대충대충, 넣어둡니다

축구 실력
- 위치선점

하늘에 떠 있는 공은 누구의 것도 아니다
땅바닥 공도 가장 가까이 있는 발에게 확률이 높으나 그
렇다고
발의 공 아니다
발이 잡고 있어야
발의 공

속도를 키우라

애벌레도 입맛 있다

얼마나 뜯어먹나 내버려 두었다 무지막지한 먹성 입맛
도 있어 바로 옆에 있는 형제 얼갈이배추는 거들떠보지도
않고 연하고 부드러운 달콤한 고갱이만 작살나게 파먹는
다 실험이 유혹을 진압하기에는 또 다른 실험이다

나비의 날개는 가을볕이 짧다 널따란 김장밭이 그들의
발레 무대 들길은 하얀 들국화로 울타리는 노란 국화로 넉
넉하게 장식하고 뜨거움 깊었던 날, 복중 더위 피해 느긋
이 나무 밑 그늘에 있어 새똥을 푸짐하게 선물로 던져주었
던 은행나무는, 칙칙하게 푹 익은 구린내 향을 무대 위로
툭툭 던지며 날개를 응원 격려한다

경험에 물음은 포기가 답, 너른 밭을, 농약 없이도 이파
리의 큰 상처도 뿌리만 건드리지 않는다면 가을이 있는 뿌
리식물로만 꾸며놓고 이파리 작물은 숫제 거들떠보지도
않았더니 옆집 사는 벗이

"친구야 배추 심고 망 덮어 봐." 하니 또 다른 유혹, 실험
이 유혹을 진압하기에는 또 다른 실험, 친절하게 손수 사

다 준 하얀 모기장망을 비닐 씌우듯 덮고 매일매일 관찰일
기를 세세하게 적었다 노지의 가냘프고 촉촉한 보드라운
속살은 바로바로 작살나게 파먹어도 모기장 안은 날마다
아직은 기뻐 가을이 있겠다...

즐거움은 순간, 나비 날개의 망 위에서 꾸준한 헛발질은
헛발질이 아니었다 바람 가는 곳에 빗물 스며드는 곳에 애
벌레 용기는 가을볕만큼 부지런하다 유혹이 실험을 제압
하기에는 또 다른 유혹

크고 연하며 부드러운 김장 배추는 열여섯 개를 심어 두
개를 건졌다
작고 거칠며 단단한 얼갈이배추는 오십 개를 키워 사십
개를 거두었다

어디로 갈 거니
- 내 그림자

쫓아가면 속도만큼 도망가고

서면 같이 멈추고

되돌아가면 속도만큼 쫓아온다

다정스레 옆에서 살갑게 박자를 맞추기도 하고

다소곳이 한걸음 뒤서 총총걸음으로 따라오기도 하고

버릇없이 한걸음 앞서 당당하게 걷기도 하는

빛이 존재하는 한,

어떤 때는 벗 어떤 때는 연인

어떤 때는 선구자 어떤 때는 이야기꾼으로

어제의 오늘이 되었다가

오늘의 내일이 되는

육십 년을, 늘 모습을 모습 그대로 한 점도 빠짐없이

삐뚤어짐 없이 고스란히 그림을 그렸던 너

그런데 어둠으로 가면

세상은 환승역을 만들어

수시로 열차를 바꿔 탄다하던데

양반걸음

머뭇머뭇 멈칫멈칫할 여유가 없다
찰나가 목숨이다
되도록 빠르게 멀리멀리 보내야 한다
어디든 좋다 자살골만 넣지 않으면 된다

수비수였다
행위가 성격 되어

삶은,
수비만 있는 것이 아니다 공격도 있다
급해도 여유로워야 했다
헛발질이 있다

천천히 흐르는 물이
넓은 곳을, 넉넉하게 적신다

할머니 된장독

할머니 된장독 청소는,
열흘 정도 빈 독에 맑은 물 가득 채워놓는다
지푸라기 수세미 만들어 빡빡 문질러 깨끗하게 닦는다
맑은 물 헹군 후 다시 맑은 물을 닷새 정도 담아놓는다
다시 지푸라기로 말끔히 닦은 후
맑은 물로 깨끗이 헹군 다음 햇볕에 말린다
된장 담글 때는,
지푸라기에 불 붙여 독안 소독하고
끓는 물에 행주 빨아 깨끗하게 닦는다
내가 본 것은 여기까지

백혈병 받은 지 10년 차
간간이 술이 그립다는 골수이식 육체

호시탐탐, 공격할 틈새를 찾는 병인病因들로부터
할머니처럼,
완벽하게 차단벽을 만들라

Yolo

실전이라 하면,

"딱, 한 번 뿐이다."

힘겨울 거다

연습이라 하자

"다시 한 번 더."

위로될 거다

※ YOLO: You Only Live Once

30년 세월

봄볕 좋은 날
농촌마을,
마을 모퉁이를 돌아
산비탈 아래 제멋대로 생긴 천수답에 우렁이가 많다 하여
수업시간에 야외달리기한다며 달음박질로 달려갔지
육십 명의 아이들이 한꺼번에 우르르
아직 이른 찬물의 논으로 바짓가랑이 허벅지까지 걷어
올리고
들어가 한 번을 훑었더니,
양동이 반을 주었지
가정 관리실서 푹 삶아 속살 빼고
다시 한 번 깨끗이 씻어 접시에 가득 담아
붉은 초고추장 걸걸하게 입혀 저녁상 올려놓고 선생님들
대여섯
모여 막걸리 한 잔 하면
자그마한 시골학교의 소박한 향기를
마음껏 담을 수 있었지

훌쩍 30년이 흐른 어느 날
옛날 맛이 그리워 봄볕 좋은 날에

삼십 명의 아이들과 함께
수업시간에 천수답으로 우렁이 주우러 간다 하였더니
시커먼 먹구름이 떼거리로 몰려올 거라네
소낙비를 엄청 퍼부을 거라네

시집온 새아가 한 달을 넘었다
— 붉은 방울토마토

모종시장서
방울토마토 모종 하나 건네받아 텃밭에 심었다
긴 시간 꿈적도 없다
오히려 비실비실
새벽녘에 잠깐 힘 보이다가
봄볕에 다시 비실비실

관찰하기를 근심의 여러 날
어느 때부턴가,
꼿꼿하다
움직임이 보였다
방글방글 웃었다

이제, 쑥쑥 클 거다
열매를 달 거다
줄기마다 붉은 열매를 앙증맞게
포도송이마냥 주렁주렁
푸짐히 달 거다

슬픔은 울타리가 없다

허수아비는, 장승은, 솟대는, 돌하르방은,

광야에는 광야 바람이 분다

새들 날아와,
우산도 피함도 없이 모조리 흠뻑 맞느냐는
근심 어린 조롱에

늦가을,
기쁨이 모두 떠난 텅 빈 들녘이지만
그래도 꾸준하게 찾아주는
벗이라며
"때로는, 미련한 것이 행복이다." 한다.

10초의 버릇

예전에, 30여 년이 훌쩍 전 부천 살 때, 볼 일이 있어 잠깐 수원에 왔다가 팔달문八達門 앞 횡단보도에서 보행자 신호 기다리던 중, 신호 바뀌자마자 부리나케 뛰어가던 초등학생이 앞서 있던 버스를 추월하며 뛰쳐나오던 영업용 택시의 앞바퀴 밑으로 들어가는 것 목격한 적 있었다 다행히, 초등생은, 벌떡 일어나 훌훌 털고 가고자 하는 길로 다급하게 뛰어가는 것 보았지만 그때부터, 숫자 열에 대한 홀로 사랑이 시작되어

"숫자 열이면, 100미터를 앞서갈 수 있지만 숫자 열을 세고 100미터를 늦게 가자."
"눈과 귀 입 가슴에게 10초를 배려하자."

언제든지 주절거리는, 버릇을 만들었다.

돈벼락

만나면, 초식동물은 서로서로 더불어 함께 살고 육식동물은 서로서로 죽이더라.

하얀 쌀밥이 놋주발에 담겨 초가 구들장 따끈따끈 아랫목서 두툼한 솜이불을 덮어쓰고 저녁나절을 걸터앉아 있을 즈음 아버지는 고향 화산에, 일만여 평의 야트막한 야산을 평당 일 원에 분양받으라는 지인 권고를 받으셨다 한다 우마차 길이 마냥 멀었고 밭농사가 잡초 숫자만큼 힘겹다 하여 정중하게 거절하셨다 한다

그 자리에, 20년도 지나기 전에, 큰 제약회사가 들어섰고 다시 훌쩍 30여 년이 지난 요즘, 주변이 큼직큼직한 대단위 아파트 단지로 개발 중인데

한적한 농촌마을에, 널따란 신작로가 뚫린다며 관(官)에서 큼직한 돈 보따리를 걸걸하게 풀었다 야생 고양이들이 들끓어 집집마다 개 짖는 소리가 크고 예전에는 마을이 초가에서 초식하며 살았는데 지금은 고래 등 기와집 짓고 육식하며 산다

산은 산이 예뻐 예쁜 거야

빨리 가고 싶지
천천히 가는 것도 괜찮아
보폭이 크고 달음질이 빠르면
힘들어
400미터 달리기가
아니거든

곧잘
사람들은
산 오름에 비유하지
물길 바다 가는 것에도 비유하고
그런데

바다만 보고 달려가는 물길은 강과 내는 없고 바다만 있고
그냥 산이 좋아 산 오르는 산 사람은
아기자기한 산도 있고
정상도 있지

꼭 그렇지 아니하더라도

산은,

산이 예뻐 예쁜 거야

삽살개

사지 묶고
머리 지우고
눈 가리고
귀 막고
입에 자물쇠 채우고
목 닫고
콧구멍 때우고
가슴 쇳덩이 누르고

삽살개가,
똥개 우리에 들어가,
그들만의 촘촘한 율법이라는 대장 똥개 지시대로 순종
하였더니
이렇게 밖에 살 수 없었다고,
과감하게 쇠망치로
우리를, 잘근잘근 부시고 탈출했었어야
했다고

한다.

참새의 숲

벌거숭이 민둥산에
산림녹화사업

숲 만들었다

보라매 눈 피할 길 열어
고맙고
해님 얼굴 가려
싫고

먹을 벌레 넉넉하여
좋다

매일매일 장롱을 닦는 남자

나에게는, 말 그대로, 슬플 때나 기쁠 때나 눈비가 세차
게 퍼부어도 일기에 환경에 상관없이 꿋꿋하게 늘 옆에서
함께 하는 하나의 반려자가 있다 30여 년을 느긋하게 안
방 아랫목을 차지하고서 삶의 희로애락喜怒哀樂을 함께 하
는 벗, 아내가 시집올 때 데리고 온 농으로 아내는, 10여 년
전, 다른 농을 찾겠다며 안방을 떠났다

짝 잃은 동병상련의 가슴은,
긴 세월에 깨지고 부서져 성한 곳이 없는 농을 당장 새
것으로 바꾸라는 남들 거센 바람을
"죽음이 갈라놓는다면 그때는 어쩔 수 없겠지만 살아있
는 동안은 사랑하고 사랑하자."
매몰차게 막고 물리치면서 청소할 때마다 정성으로 닦
고 닦았다

단풍이 짙은 가을이 왔다
창밖 나뭇가지의 이파리들이 훨훨 바람 타고 자유롭다

“유일하게 남은 벗아, 우리, 옹골지게 끈으로 연결하자
하늘까지 함께 가는 거다.”
　다시 한 번 다짐에 다짐을 하면서

　지금 밖은, 초겨울, 바람이 매섭게 차다
　살아있는 것 싱싱한 것은 모두 눈에서 사라졌다
　걸레를 빨아, 구석구석 농을 닦는다

나의 거울에는 내가 없다

손거울 한 개를 사서
깨끗하게 닦아
매일매일 손에 들고 다녔어요

그 거울을
아들에게 건네주며 보라 하였지요
딸에게도 보라 건네주었지요
이웃에게도
만나는 사람마다 건네주며
보라 하였어요
어떤 때는 분을 내어가며 보라
하였어요

사람들마다 손에
깨끗하게 닦은
자신만의 손거울이 들려있었어요
그런데

정작,

나의 거울 안에는 내가

없어요

하늘로 보내는 편지
– 사진첩 속의 벗

친구야,

사진첩을 본다

그곳에는

싱싱함도 밝음도 웃음도 또렷이 있는데

지금은 돌아갈 수 없는

꿈찾아

서울 올라가며 기다려주던 정류소

자네 있는곳에도 있겠지

서로의 그림자로

앞서거니 뒤서거니하다

봄비 촉촉이 젖는 날 어둠으로 고정된것이

벌써 햇수로 만 30년

"天國門."

아직 빗장을 풀지 않았다면 기다려라

긴 시간이면 짧아졌다는 것
예전처럼 정류소에서 기다려라
지루하다 생각되어지면 담배 한 대 길게 빨고
또 지루하면 트로트 한 곡조 걸쭉하게 뽑고
그래도 지루하면 돌멩이 몇 개 슛 날리고

서울 가며 꼭 거쳐 가던
수원 중앙극장의 영화프로 어떨까
다시 한번 되새기면서 진득하게 기다려라
하나님 때
하나님 부르시는 날
다시 그림자 만들어

– 함께 열자

주전자가 아니라면 뒤웅박이 되라

들어오는 입이 크고 나가는 주둥이가 작은 주전자
들어오는 입이 크고 나가는 주둥이도 큰 대접
들어오는 입이 작고 좁으며 나가는 주둥이도 작고 좁은
뒤웅박이
한옥 우리 집 부엌 광에 있었다
광 문 앞에는 커다란 항아리가 있었는데 뚜껑을 덮은 그
속에
병점양조장서 통으로 배달된 막걸리가 담겨져 있었고
항아리 옆 기둥에는 술 됫박이 매달려 있었다

아버지는, 대접에, 막걸리를 담아 꿀꺽꿀꺽 잘 드셨다
어머니는 주전자에 막걸리를 채워 아버지 대접에다 자
주자주 따라 주셨고
서른다섯에 과부 되신 할머니는 철저하게
백수 사시는 동안 옹골지게 뒤웅박만을 사랑하셨다

성인이 된 나는

결혼하여, 아내와 함께 순서가 바뀐 주전자로 살다가
아내를 바람에 날려 보내고
뒤늦게 철들어, 순서 바뀐 주전자를 작살나게 박살내어
버리고
할머니처럼
철저하게 뒤웅박으로 산다

요즘 내가 우리 아이들에게 늘 하는 잔소리는
"복이, 순서가 제대로 된 주전자나 견고하고 두꺼운 사
기 뚜껑을 덮고
그 속에다 자그마한 조롱박을 넣어놓은 항아리라면
금상첨화겠지만
그렇지 않다면, 철저하게 뒤웅박이 되어라."

한다.

나는 왕이로소이다

나는 왕이었나이다
돈의 노예 권력의 종 지식의 머슴 건강의 하인이 되면서
탐욕의 우두머리
짜증의 왕이었나이다
분노의 왕이었나이다

신의 매서운 회초리를
무지막지하게 푸짐히 맞았습니다

나는 질경질경
돈 권력 지식 건강의 탐욕을 가슴서 깔끔하게 밟아버리
면서
비로소, 비움의 우두머리
평강의 왕이로소이다

버리지 못하면 죄
– 곳간 복이 진짜 복

여름철에는, 폭염의 바다가 제아무리 깊다 하여도 개의치 아니하고 삽과 괭이로 들오는 길, 봉당, 안마당 바깥마당, 구석구석의 잡초를 오는 복이 불편하지 않도록 뽑고 다듬었다.

겨울철에는, 찬바람의 기세가 장딴지에 족쇄를 단단하게 채워도 호호 불어가며 넉가래랑 싸리비로 쌓인 눈을, 적은 양이라 하더라도 오는 복이 자유롭지 않으면 죄라며 쓸고 치웠다.

매일매일, 안방 건넛방 대청마루를 쓸고 닦고, 보기에, 너무 정결하고 깔끔하여 "그냥 앉기가 황송하다." 복이, 말할 정도로 치우고 치우며 살았다.

그런데 광에는 지금,

하늘에 계신 어머니 할머니 아버지가 대충대충 자리를 차지하고서 먼지를 시나브로 켜켜이 쓰고 고스란히 앉아 있다.

옛 모습 그대로

후기|後記

누군들 잔잔한 호수를 부드럽게 날고 싶지 않았겠는가, 꿈도 있었고 겁도 많았던 철부지 자그마한 시골 소년이, 전혀 생각지도 않았던 운동선수의 길로 들어서면서부터 시련의 파도는 시작되었다.

무시험, 일명 뺑뺑이 1기 지역 학교 입학이 엉뚱하게 축구선수의 길이 되었고 생각지도 않았던 서울로 스카우트 되면서 이 길이 진정 나의 길인가 싶어 꿈도 크게 가졌었다. 그런데 잘 가던 길에 결핵성 늑막염이란 질병이 찾아와 일 년 질병 휴학하니 꿈은 높은 장벽이 되어버렸다.

벽은, 농사나 짓겠다며 아버지를 설득 후 허락을 받아 놓았는데, 농사는 배움이 끝나 지어도 늦지 않으니 고등학교는 졸업하라 하는 매형의 조언을 받아들여 '고등학교나 졸업하자' 하며 복학하였다. 그러다 그해 겨울 엉뚱하게도 청소년 국가대표 축구선수로 발탁되었다. 재능은 있나 보다 하며 잠깐 기뻤다.

겨울 훈련 끝내고 대회를 1개월 남짓 남겨놓았던 꽃샘바람이 불던 이른 봄날, 부상이란 명목으로 대표단에서 쫓겨났다.

"그래, 이 길은 내 길이 아냐." 하면서 서울 유명 대학 스카우트 제의를 거부하고 교사의 길이나 가자 결심하고 지방 국립대학교 체육교육과로 열차를 바꿔 탔다.

대학교수라는 거창한 꿈도 품었다. 친구 사귄다는 핑계로 어영부영 막걸리 집에서 그 꿈을 모두 허공으로 날려보냈다. 졸업 후 경기도에서 교사로 봉직하게 되었다. 아내를 만나 아들 딸 둘 키우며 그럭저럭 잘 살았다.

세찬 세상 바람 불었다. 바람은 아내를 높이높이 태워 먼 곳으로 날아갔다. 날아가는 모습을 물끄러미 바라보며 인연이 여기까지 인가보다 덤덤하던 몸. 젠장,

만성골수성백혈병이라는 하늘 무너지는 소리로 최악의 위기를 듣는다. 돌파구를 찾아야 하는데 빛은 보이지 않고 '마냥 쓰러져서 살 수는 없다' 하며 아내를 바람으로 날려 보내면서 바람에게 삿대질하였던 끼적끼적거린 글을 정리 시집을 출간, 거기에 미쳐 살았다.

그런 것이 어느덧 4권의 시집을 냈고 이제 목표로 잡았던 5번째 시집을 출간하게 되었다.

'남의 사과가 더 커 보이고 좋아 보인다' 하였던가, 정말 그런가, 그렇지가 않다. 사과는 모두 같다. 단지 눈에서 만족이 없을 뿐 어느 나무든 바람은 찾아들고 어느 곳이든 바닷가라면 파도는 몰려온다.

말씀에, "모든 것이 합력하여 선을 이룬다"라는 글귀를 나는 너무너무 사랑한다. 좋아 보이는 일이든 나쁘다 하는 일이든 지나보면, 넘어지는 것은 누구나 있다. 마냥 넘어저 누워있으면 그것은 저주이지만 일어나 달리면 그것은 축복, 일어나 다시 달리고픈 마음만 갖고 있다면 넘어짐은 하나님 축복이다.

시를 쓰면서 깨우친 것은 여기까지, 이제 넘어지는 것은 두렵지 않다. 단지 넘어져서 못 일어나며 어쩌지 하는 작은 염려는 갖고 있지만 그것까지 버리고 싶은 마음은 없다. 염려가 없으면 교만, 나는 교만보다는 겸손을 좋아한다. 그렇다고 '시련을 좋아한다' 하면 '미친놈'이라 말하는 이가 많겠지만 그래 좋아하지는 않지만 그렇다고 오는 시련을 이젠 억지로 피하고 싶은 마음은 없다. 그 모든 것이 시가 되니 후배 시인이 하는 말 "형님! 형님의 삶은 축복입니다." 웃어야 할지 울어야 할지…. 얼떨결에 그래 하였지만 5권의 시집을 만들 수 있는 재료를 선물로 받았으니 축복은 맞는가 보다.

‘지금은 모든 것이 감사다.’ 백혈병 만 10년, 처음 백혈병 진단받았을 때, ‘회갑까지만 살게 해 주세요’ 하였는데 환갑을 산다.

감히, 들려주고 싶은 이야기가 있다. 넘어질 때는 넘어져라. 넘어지지 않으려고 아등바등 거리지 말고 그냥 넘어져라. 그리고 당당하게 일어나 다시 달음질하라. 누구나 넘어진다.

2018년 1월
화성 화산까치고개에서
돌샘 박 상 돈

슬픔은 울타리가 없다